D1107060

Hello 4 est

Les livres inspirés de la série télé

Catalogage avant publication de Bibliothèque
et Archives nationales du Québec et Bibliothèque
et Archives Canada

Jolin, Dominique, 1964-
Drôles d'histoires
(Toupie et Binou d'après la série télé)
Publ. antérieurement sous les titres : La dernière banane ;
!l était une fin ; La grande course et Atchoum ! © 2006.
Pour enfants.

ISBN 978-2-89512-665-2

I. Tremblay, Carole, 1959- . II. Titre.
PS8569.O399D76 2007   jC843'.54   C2007-941274-2
PS9569.O399D76 2007

Les textes sont inspirés des épisodes de la série télévisuelle *Toupie et Binou*
produite par Spectra Animation inc., avec la participation de Treehouse.
Scénarios originaux de Brian Lasenby, Anne-Marie Perrotta, Tean Schultz
et Steven Western. Direction d'écriture par Katherine Sandford.

2006 © Spectra Animation inc. Tous droits réservés.
D'après les livres des collections Toupie et Binou de Dominique Jolin publiés
par Dominique et compagnie, une division des éditions Héritage inc.
Toupie et Binou est une marque de commerce de Dominique et compagnie,
une division des éditions Héritage inc.

Aucune édition, impression, adaptation ou reproduction de ce texte, par quelque
procédé que ce soit, tant électronique que mécanique, en particulier par photocopie
ou par microfilm, ne peut être faite sans l'autorisation écrite de l'éditeur.

© Les éditions Héritage inc. et Spectra Animation inc. 2007
Tous droits réservés.

Directrice de collection : Lucie Papineau
Direction artistique, graphisme, et dessin de la typographie
Toupie et Binou : Primeau & Barey

Dépôt légal : 3e trimestre 2007
Bibliothèque et Archives nationales du Québec
Bibliothèque et Archives Canada

Dominique et compagnie
300, rue Arran, Saint-Lambert (Québec) Canada J4R 1K5
Téléphone : 514 875-0327 Télécopieur : 450 672-5448
Courriel : dominiqueetcie@editionsheritage.com

www.dominiqueetcompagnie.com

Imprimé en Chine

Nous remercions le Conseil des Arts du Canada de l'aide accordée
à notre programme de publication.

Nous reconnaissons l'aide financière du gouvernement du Canada
par l'entremise du Programme d'aide au développement de l'industrie
de l'édition (PADIÉ) pour nos activités d'édition.

Gouvernement du Québec – Programme d'édition et programme
de crédit d'impôt – Gestion SODEC.

Il était une fin

Texte : Dominique Jolin et Carole Tremblay

D'après le scénario original d'Anne-Marie Perrotta et Tean Schultz

Illustrations tirées de la série télé *Toupie et Binou*

Clic !

– Bonne nuit, Binou ! dit Toupie.

Clic !

Binou rallume la lumière et
montre un livre à Toupie.
– Ah ! Tu veux que je te raconte
une histoire ? dit Toupie.
D'accord, mais juste une parce
que je suis trrrrèèèès fatigué.

Toupie bâille et commence à lire :
–Il était une fois deux braves chevaliers, sire Toupie et sire
Binou, qui parcouraient le royaume à la recherche d'un
dragon. Soudain, les deux vaillants chevaliers en aperçurent un.
Tout contents, ils le suivirent dans la forêt enchantée. Oups !
Désolé, Binou, je ne peux pas finir l'histoire. Il manque
la dernière page.

–Ce n'est pas grave. Je vais inventer une fin.

Toupie bâille, puis marmonne :
–Alors les deux braves chevaliers rentrèrent
à la maison et se couchèrent. Fin !

Binou n'aime pas cette fin-là. Le dragon
de l'histoire non plus, d'ailleurs.

Toupie recommence donc :
– Les deux chevaliers continuèrent à suivre
le dragon. Ils marchèrent pendant des heures
dans la forêt enchantée quand, tout à coup…

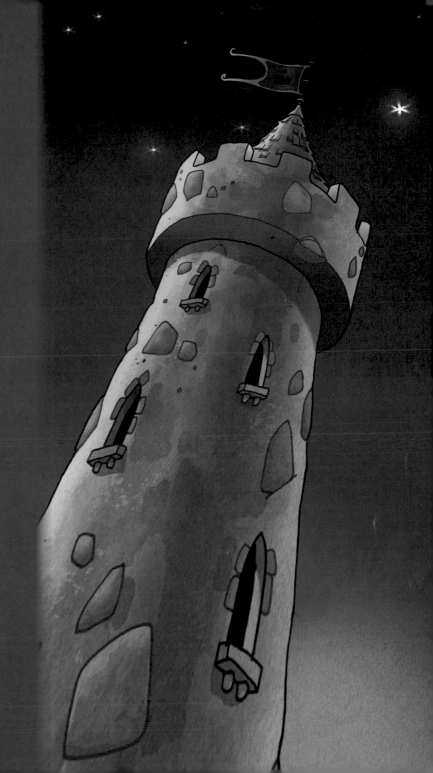

… ils trouvèrent un beau grand lit douillet! Les deux chevaliers y grimpèrent et s'endormirent. Fin!

Toupie est content. Il pense qu'il a fini l'histoire. Mais Binou et monsieur Dragon ne sont pas d'accord.
– Bon, dit Toupie, je continue alors. Les chevaliers poursuivirent le dragon dans la forêt pendant très, très longtemps quand, tout à coup, ils virent une tour. Une tour beaucoup trop haute pour qu'ils puissent y monter.

Toupie a à peine fini sa phrase
que le dragon est déjà en haut de
la tour. Toupie n'a pas envie de
le suivre, mais Binou apparaît à
une fenêtre. Toupie soupire.

–D'accord, j'arrive !
Toupie monte une à une
les nombreuses, trop
nombreuses marches. C'est
haut. C'est loin.

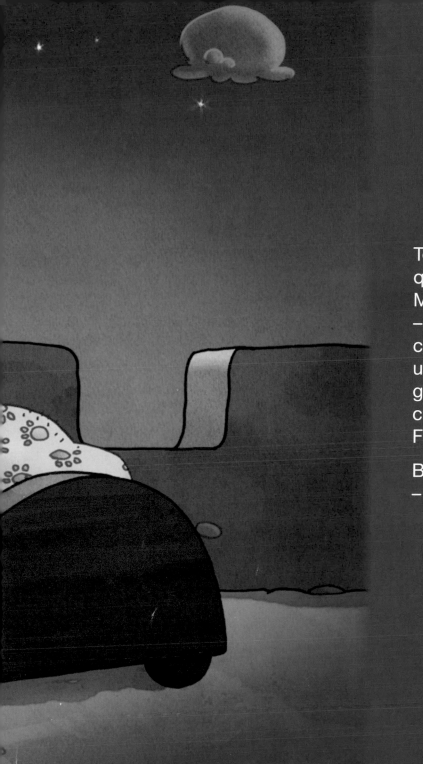

Toupie est encore plus fatigué
quand il arrive enfin au sommet.
Malgré tout, il continue l'histoire :
– C'est alors que les deux
chevaliers trouvèrent un fabuleux,
un incroyable, un fantastique
grand lit douillet ! Sire Toupie s'y
coucha aussitôt et s'endormit.
Fin !

Binou fait non de la tête.
– Non ? gémit Toupie, découragé.

Toupie bâille un bon coup et propose d'autres idées :
– Les deux chevaliers trouvèrent une pieuvre qui danse ?
Un canard géant alors ? Non ? Pas de canard géant ?

Toupie ne sait plus quoi inventer pour finir l'histoire.
Binou s'approche et lui glisse quelques mots à l'oreille. Toupie
trouve l'idée excellente. Il reprend donc son récit.
–Au sommet de la tour, les deux chevaliers rencontrèrent
une merveilleuse dame dragonne. Le dragon tomba aussitôt
amoureux d'elle. Et elle de lui.

Le dragon est content. Binou est content. Toupie aussi.
Il a presque terminé son histoire.

–Pour les récompenser d'avoir trouvé une si
belle fin, ajoute Toupie, on offrit aux deux chevaliers
le plus beau, le plus extraordinaire des lits!
Et le dragon et la dragonne vécurent heureux
jusqu'à la fin des temps.
Fin!

Clic !

– Bonne nuit, Binou !

La dernière banane

Texte : Dominique Jolin et Carole Tremblay

D'après le scénario original de Steven Western
Illustrations tirées de la série télé *Toupie et Binou*

–Oh! J'entends un drôle de bruit, dit Toupie. Qu'est-ce que c'est ?
Aaaah! C'est ton ventre qui gargouille, Binou! Ça doit être l'heure de
la collation, alors.

Toupie va chercher le bol de fruits.
–Qu'est-ce que tu préfères, Binou ? Une pomme ou une banane ?

Binou veut prendre la banane mais… oups! son livre glisse par terre.
–Moi, j'ai bien envie d'une banane, dit Toupie.

Il prend la banane et commence à la manger pendant
que Binou ramasse son livre.

–Quoi ? Tu voulais une banane, toi aussi, Binou ? Oooooh ! et je viens
de manger la dernière…

Pas de problème, Binou est prêt à prendre la pomme. Mais Toupie l'arrête.
–Attends ! Je sais où je peux trouver une autre banane. Je reviens tout de suite.

Toupie va chez monsieur Éléphant.
–Bonjour, je m'appelle Toupie. Binou voulait une banane… mais je l'ai
mangée. Je me demandais si vous pouviez me donner la vôtre…

Monsieur Éléphant accepte. Toupie le remercie et repart avec sa banane.

–Ça y est, Binou, j'ai trouvé une banane! s'écrie Toupie en rentrant à la maison.

Mais Toupie glisse sur la pelure qu'il a laissé traîner plus tôt…
et tombe sur la banane que monsieur Éléphant lui a donnée.
–Oups! Je l'ai un peu écrasée… Ce n'est pas grave, je sais où
je peux en trouver une autre.

Toupie prend un panier et se rend dans l'espace.
–Bonjour! Je m'appelle Toupie, et Binou voudrait une banane.
Je me demandais si, par hasard, vous pourriez m'en donner une…
Oui? Oh! Merci beaucoup!

La banane s'envole dans l'espace sans que Toupie s'en aperçoive.
Quand il arrive à la maison, son panier est vide.
– Tu vas rire, Binou, mais je crois que je l'ai perdue. Ça ne fait rien, parce que
je connais un autre endroit où je peux trouver une délicieuse banane.
Ne bouge pas. Je reviens!

Toupie s'en va dans l'océan.
– Bonjour, je m'appelle Toupie. Binou voudrait une banane et…

Toupie n'a pas le temps de finir sa phrase que les poissons lui en offrent une!
– Ah! Merci! C'est vraiment très gentil.

Cette fois-ci, pour ne pas perdre
sa banane, Toupie prend soin de
l'attacher avec une corde.
– J'ai toujours de bonnes idées,
se félicite Toupie. Grâce à moi,
Binou va enfin pouvoir manger
une délicieuse banane.

Mais une baleine qui passe par
là trouve le fruit bien alléchant
et le mange.

Encore une fois, quand Toupie
arrive à la maison, il n'a plus de
banane.
– Euh… Tu peux continuer à lire,
Binou, je reviens tout de suite.

Toupie a une nouvelle idée. Il
pousse un coffre vers la grande
tour.
– Je suis sûr d'avoir déjà vu une
banane par ici…

Il monte jusqu'au sommet,
chez dame Dragonne.
–Bien le bonjour. Je m'appelle
Toupie. Binou voudrait une
banane, mais quelqu'un l'a
perdue. Alors, je me
demandais si…

Dame Dragonne lui tend
gentiment sa banane.
–Oh! C'est pour moi? Mille
fois merci!

Comme Toupie ne veut plus perdre sa banane,
il doit se concentrer très fort pour la ranger.
Étape un : ouvrir le coffre aux bananes.
Étape deux : déposer la banane à l'intérieur.
Étape trois : verrouiller le coffre aux bananes.
– Voilà, c'est fait !

Toupie a réussi! Il a enfin une banane pour son ami!
– Binou, j'ai une surprise pour toi! Tu ne devineras jamais ce que c'est!
Avant de te la montrer, je dois d'abord ouvrir le coffre aux bananes.

Eh! mais… Où est la clé du coffre aux bananes? Elle doit bien être
quelque part. Mais non. Toupie ne la retrouve plus.

À cet instant, le ventre de Binou émet un petit gargouillis.

– Eh ! Ton ventre gargouille encore !

Toupie tend le bol de fruits à Binou.
– Qu'est-ce que tu préfères ? Une pomme ou des raisins ?

Binou veut prendre la pomme, mais son livre glisse par terre…
– Moi, j'ai bien envie d'une pomme, dit Toupie.

Il est sur le point de la prendre, mais Binou est plus rapide
que lui et attrape la pomme.

Binou ramassera son livre *après* sa collation…

Atchoum !

Texte : Dominique Jolin et Carole Tremblay

D'après le scénario original d'Anne-Marie Perrotta et Tean Schultz

Illustrations tirées de la série télé *Toupie et Binou*

–Atchoum!

Toupie éternue si fort que les cubes
de Binou s'écroulent.

–Désolé, Binou, dit Toupie. Je me sens
tout étourdi. Mon front est chaud et quand
je penche la tête, mon nez coule.

Binou entraîne Toupie vers le canapé.
– Qu'est-ce que tu fais, Binou ? Aaaaah… Tu veux
que je me repose ? C'est gentil, ça. Merci !

Toupie se mouche.
– Binou ? C'est bizarre, j'ai la gorge toute sèche
maintenant… Je ne sais pas quoi faire…
Il renifle.

Binou a une idée.
–Ah! De l'eau!!! s'écrie Toupie. Tu es adorable.
Merci! Merci mille fois!

Binou retourne jouer avec ses cubes quand Toupie le rappelle.
–Binooooou? Tu sais quoi? Je me sens encore tout étourdi et ma
bouche est tellement loin de mon verre…

Binou a justement une paille sur lui.
–Oh! Mais, c'est génial comme idée! dit Toupie.
Merci beaucoup!

– Aaa… Aaa… tchoooum !

Toupie éternue encore une fois. Les cubes
de Binou s'écroulent de nouveau.
– Binooou ? Tu es là ? demande Toupie. Excuse-moi…
je croyais que tout était parfait, mais… je ne me
sens pas vraiment à l'aise. Tu n'aurais pas une idée ?

Bien sûr que Binou a une idée !

Mais aucun des coussins ne convient à Toupie.
Ils sont soit trop durs, soit trop mous, ou trop gros.

Binou a une nouvelle idée. Il grimpe jusqu'au
sommet de la montagne et en rapporte un nuage !

Toupie est en-chan-té.
– Je crois que je commence à me sentir
un peu mieux ! dit-il.

Mais…
–Aaa… Aaaa… tchooum !

Les cubes de Binou s'effondrent une nouvelle fois.
–Je ne sais pas pourquoi, mais j'ai un peu froid maintenant, dit Toupie.

Pas de problème ! Binou sort chercher le soleil et l'installe
au-dessus du canapé.
–Le soleil ! s'exclame Toupie. C'est tellement bon ! C'est comme un rêve !!!

Après un moment d'hésitation, il ajoute :
–Tu sais, Binou, j'ai beaucoup de lumière dans les yeux…

Binou comprend. Il éteint le soleil, et clic!
la lune apparaît à sa place.
–Aaaaaah! Voilà!!! C'est parfait! Tu es
merveilleux, Binou! Je t'aime tant.

Binou ne répond pas.
–Binoooooooooou? Où es-tu?
demande Toupie.

Voilà Binou qui revient avec un drôle
de cube. Toupie est intrigué.
–Qu'est-ce que c'est ? demande-t-il.

Binou tire sur une corde, et pouf !
un piano apparaît.

Binou enfile ses gants. Toupie est tout excité.
– Tu vas jouer pour moi ? Pour que je me sente mieux ?
Oh ! Merci ! Merci ! Merci ! ! !

Binou commence à jouer.
– C'est merveilleux…, s'extasie Toupie.

Il s'étire et respire. Son nez est débouché !
– Tu sais quoi, Binou ? Je me sens beaucoup mieux. Je pense
même que je suis guéri ! Et c'est grâce à toi ! ! ! Maintenant, je peux
de nouveau sourire, et chanter, et danser, et parler, et…

–Aaaaa… Aaaaa… Atchoum !
Oh non ! C'est Binou qui éternue, à présent !
–Ooooooooooh ! Binou ! Tu es malade…
Attends, je vais m'occuper de toi ! dit Toupie.

Il installe confortablement son ami sur le nuage.
–C'est à ton tour, maintenant, d'entendre
ta chanson préférée.

–Tu vas voir, je vais te guérir, moi!!!

La grande course

Texte : Dominique Jolin et Carole Tremblay

D'après le scénario original de Brian Lasenby
Illustrations tirées de la série télé *Toupie et Binou*

–La plus grande course du monde va bientôt commencer! déclare Toupie. Sur la ligne de départ, nous avons LE GRAND BINOOOOU, MONSIEUR MOU, et moi, TOUPIE LE MAGNIFIQUE! Vous êtes prêts!? PARTEZ!!!

Au début, Toupie est en tête, mais…
Binou pédale si fort qu'il prend rapidement le devant.

Oh ! oh ! Que se passe-t-il ?
Ah non ! Toupie a perdu une roue de sa voiture !
Pourra-t-il rester dans la course ?

Bien sûr que oui!
Le voici qui arrive en bondissant!

Binou pédale le plus vite possible.
Il est en tête, mais Toupie saute
par-dessus lui et le dépasse.

Il semble que Toupie a un petit problème. Il a atterri dans un trou de marmotte. On dirait qu'il est coincé. Monsieur Marmotte n'a pas l'air très content. Toupie pourra-t-il revenir dans la course?

Évidemment! Binou se demande où Toupie a bien pu aller quand, tout à coup, il l'aperçoit. Là, dans sa montgolfière!

Toupie le magnifique est de nouveau en tête!

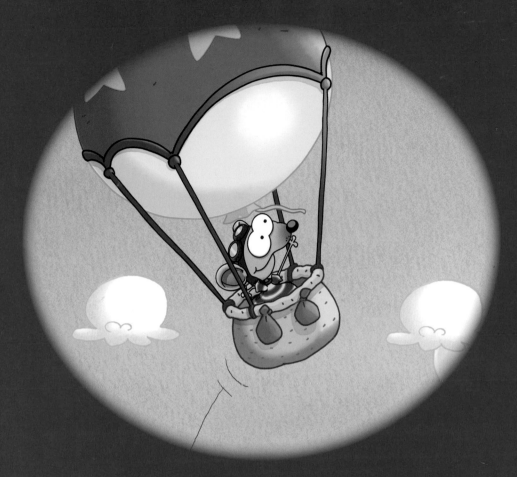

Oh! Toupie remarque une corde attachée à son ballon.
– À quoi ça peut bien servir ? se demande-t-il.

Il tire sur la corde. Le ballon se dégonfle. Oh! oh! Toupie
n'aurait peut-être pas dû toucher à la corde.
Cette petite erreur permet à Binou de reprendre la tête.
Mais pas pour longtemps car…

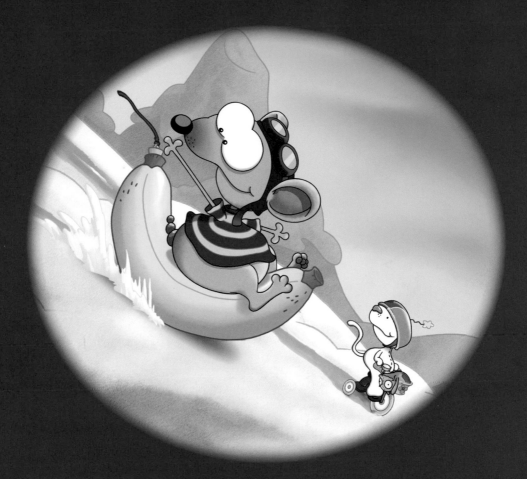

Toupie le magnifique est de retour, plus rapide que jamais !
Il n'essaie même pas de gagner, et il gagne !
Tiens, il y a un truc qui dépasse de la banane…

Ooooh ! Toupie n'aurait peut-être pas dû tirer sur la corde.

Binou continue la course. Il croit qu'il est en avance, loin devant Toupie.

Mais revoilà Toupiiiiie! Cette fois, il n'est pas dans le ciel! Nooon!!!
Il vogue sur l'eau. Toupie, le plus grand coureur du monde entier, dépasse
Binou à bord de son serpent de mer!

Tiens, il y a une boule qui flotte sur l'eau. Toupie tire et tire… et tire…

Oups! Toupie n'aurait peut-être pas dû tirer sur la corde.
Il a enlevé le bouchon et la rivière s'est vidée. Est-ce fini pour Toupie?
A-t-il vraiment perdu la course? Juste avant la fin?

Est-ce que Toupie, le plus extraordinaire coureur du monde, peut finir deuxième ? Bien sûr que NON !
Toupie et Binou sont maintenant à égalité ! On dirait qu'ils vont arriver en même temps !!! Qui sera le gagnant de cette grande course ?

Mais... Oh ! Le bolide de Toupie et Binou bute contre un obstacle !

Et c'est monsieur Mou qui franchit la ligne d'arrivée en premier!
Bravo! C'est lui le plus grand coureur du monde entier!